In tiefer Dankbarkeit

dem historischen Buddha

Siddhartha Gautama Shakya

o'mura

innewerden und sich erden

Eine Anthologie philosophischer Poeme

Vertragslabel: Verlag PanOmnia
ISBN Taschenbuch: 978-3-384-00841-1
ISBN E-Book: 978-3-384-00842-8

ⓣ tredition

Druck und Distribution im Auftrag des Autors:
tredition GmbH, An der Strusbek 10, 22926 Ahrensburg, Germany

Das Coverbild zeigt das Werk ‚Seeland' der Malerin **Marianne Fletcher**.

Die Philoëme dieser Anthologie entstammen folgenden Werken:

Titel, Untertitel	Art	ISBN
innehalten – innewerden	HC	978-3-347-79865-6
Rufe vom Urgrund des Seins	EB	978-3-347-79869-4
Fabelhafte Freveleien	TB	978-3-347-98603-9
Auf- und Ausbruchsverse	EB	978-3-347-98604-6

Art: HC – Hardcover   TB – Taschenbuch   EB – E-Book

Bibliografische Information der DNB:

Die Deutsche Nationalbibliothek verzeichnet diese Publikation in der Deutschen Nationalbibliografie; Detaillierte bibliografische Daten sind im Internet über www.dnb.de abrufbar.

Rufe vom Urgrund des Seins

Was steigen will,
sollt tief beginnen.

Dein Weg und Stil
braucht das Erringen.

Ein kluges Ziel
wird stets gelingen.

IX,7

Das Geistige ist hochsubtil.
Den Gröberen wird's schnell zu viel.
Den Zarten ist's nie fein genug.
Genieße frei den ganzen Spuk!

IV,21

Alles fließt. Es steigt und fällt.
Doch gleich ob unten oder oben:
Nur wer sich dem Leben stellt,
richtet auf sein eignes Zelt.
Nur wer zieht, wird nicht geschoben!

I,17

Souveränität ist teuer.
Sie kostet und sie fordert dich.
Ihr Nutzen ist dir nicht geheuer?
Die Freiheit lässt dich nie im Stich.

Frei von Hoffnung, ganz im Sein
bist du stets und nie allein.

VIII,9

Transzendiere wach und weise,
sei dabei nicht lau noch leise.
Egal wie viel dein Geist ertrug:
verhilf zu freiem Flug
ihm auf seiner Großen Reise.

VI,12

Wenn Routine dich erobert
und leere Blicke Standard sind,
erfühle, welche Kraft noch lodert
tief in dir: Das Hohe Kind
- heil und heilig - hilft und hadert nicht.
Voller Güte. Ohne Pflicht.

II,6

Trägheit schiebt und wird geschoben.
Weisheit flieht und wird gehoben.
Ob Geist, ob Welt: Die Form ist gleich.
Halbheit entstellt – ein Paar ist reich.

VI,1

Vernunft verwandelt schlaue Affen
in hinterhältige mit Waffen.

Die Ratio ist bloß Instrument,
das keine Treu und Liebe kennt.

Drum wandele in Heiterkeit:
Verstand allein bringt keinen weit.

I,2

Die mit dem höchsten Wissen
sind's, die wir sehr vermissen.

Doch auch der Weiseste irrt!
Nicht selten schwirrt
die Motte dann ins Feuer.

Kein Guru ist geheuer.

I,20

Du bist schuld an deinem Leben!
Egal, was kommt: es geht dich an.
Härten wird es immer geben.
Jammer nicht herum. Fang an!

XXIV,1

Heb, was härmt und haut.
Denke direkt umwunden.
Wer die Frage durchschaut,
hat die Antwort gefunden.

II,5

Ritterlich sein – auch als Lady:
Größe zeigen, Anstand, Würde.
Ein jeder helfe - nicht zu lazy -
mit, zu mindern Bann und Bürde.

Helfen - auch den Tieren, Pflanzen -
hebt die Seele hin zum Ganzen.

XVII,1

Alle fragen nach dem Sinn,
dem letzten Zweck und Ende.
Sieh die Natur als Lehrerin:
erspare und verschwende.

I,9

Alles, alles ist bereit.
Das All kennt keine Traurigkeit.
Entfalte, was dein Herz erfreut,
und erhebe dich erneut.

XVIII,1

Wenn alle Jobs erledigt sind
und du badest im Vergnügen,
klopft von innen jenes Kind,
mit dessen freien Flügen
dein Lebenstraum begann,
leise an.

Und fragt dich, wer du bist.
Und ob er noch der deine ist.

XX,12

Hätte, wäre, wenn –
sag, was soll das denn?
Hängt für dich der Konjunktiv
gerade, und die Welt hängt schief?

Jetzt komm, entspann dich mal!
Manche Qual folgt eigner Wahl.

V,6

Der Bogen - überspannt -
bricht und schlägt die Hand.

Gier und Eifer - unverwandt -
übertölpeln den Verstand.

Selbst wer dies in sich erkannt,
hat die Gefahr noch nicht gebannt.

V,1

Bist du dafür oder dagegen?
Hast du dich heute schon empört
und deine Meinung abgegeben?

Hast du das, was dich so stört,
auch gründlich schlechtgemacht?
Dann lege dieses Buch beiseite,

vergiss der Zeilen Sinn: Der Autor mag
Konsens- und Kompromissbereite,
die zweifeln und mit nichts im Reinen sind.

V,7

Leichtsinn lässt den Menschen fehlen,
Verzweiflung hält ihn dann im Joch.

Solange wir uns auch mal quälen,
gelingt die Selbstbefreiung, doch
unverkrampft sollt diese bleiben.

Lass dich nicht gehen, sondern treiben!

XIII,1

Im Entwurf verwegen,
in der Ehrung verlegen
zeigt sich das junge Genie.

In ihm offenbart sich, wie
subtil uns der Kosmos beschenkt.
Und zum Höchsten hin lenkt.

XVIII,10

Jeder weiß was.
Alle reden. Welch
ein Wettern, Wispern, Raunen!
Doch die Einsicht folgt der Stille,
nicht dem Vorsatz. Nicht der Wille
öffnet diesen Blütenkelch.
Nur dein Staunen.

I,4

Wie viel wir auch zusammenraffen:
Alles ist geborgt.
Was immer wir subtil erschaffen:
Die Natur hat's bald entsorgt.

So klammere dich nicht zu fest
an Menschen, Pläne, Dinge.
Das ganze Leben ist ein Test.
Die Meisterschaft erringe!

XVI,1

Der Zufall ist ein falscher Freund,
der zum Schein vom Siegen träumt,
in Wahrheit aber nichts versäumt:
durch Gruften, Gräber streunt!

Das Chaos ist der wahre Kaiser.
Tönt sein Rauschen auch mal leiser:
Er bleibt des Sterbens Appetizer!
Sein rauer Ruf höhnt harsch und heiser.

Ist's Tyche mal zu langweilig,
bringt das Schicksal - vor-nachteilig -
das in Not, was ihr zu eilig,
zu verroht scheint, gar zu eifrig.

Kein Verzagen durch Vakanzen,
noch Versagen je im Ganzen:
subtiles Wagen in Balancen!
Hob Entsagen je die Chancen?
Trotz Ertragen: tun und tanzen!

XIII,11

Das, was nicht mehr ist,
wird leider oft verkannt,
obwohl die Freiheit sich bemisst
auch an dem, was nicht entstand.

Auch das, was man vergisst,
veredelt den Verstand.
Zum Glück verschwindet sehr viel Mist
im Nimmersag- und -schreibeland.

Ja, wir würden kaum noch froh
ohne Abschied und Entsagung,
ohne Löschtaste und Klo.

Selbst die hohe (höchste?) Lehre
strebt nach Anverwandlung
an die eine Große Leere. Nichts entbehre!

XIV,21

Wer dankt dem Stein, dass er nicht bricht,
dem Balken für die Treue?
So manches Gut tut seine Pflicht
ohne Rast und Reue.

Tiere sterben tausendfach
täglich, uns zu speisen.
Große Wälder liegen flach
für Papier und Eisen.

Ja, wir scheinen königlich
und greifen zu beherzt.
Die Stärkeren bereichern sich
halt auch, wenn's andre schmerzt.

Ein wahrer König sorgt für alle.
Ein leichter Sieg wird schnell zur Falle.

XV,21

Ganz im Lieben steigt, was fällt.
Fern von Siegen sei ein Held.
Im Erliegen wieder zählt,
was dich fliegen lässt, nicht stählt.

Die oft schwiegen, warn erwählt?
Doch sie stiegen auf entstellt.
Strenge Riegen - wild und welk -
wolln ersiegen das, was quält.

Ihre Lügen sind verfehlt.
Sie betrügen den, der wählt.
Wann sie mieden Macht und Geld?
Kaum zu wiegen, was zerspellt.

Krieg den Kriegen! Nie nichts fehlt.
Geh in Frieden aus der Welt.

XV,13

Lass dich mal zerstreuen!
Jedes Glück ist nur geborgt.
Wer da nicht für Nachschub sorgt,
wird's irgendwann bereuen.

Schöpfe aus dem Jetzt,
forme die Veränderung.
Spüre, was versetzt
die Berge der Erinnerung.

Was nützt dir ein Erreichen
im Kerker deiner Reue.
Alles startet ewig neu.
Reue kannst du streichen.

Mit Bravheit, Brunft und Bräuchen brich:
handle herz- und hoheitlich!

III,12

Misch dich ein.
Es geht dich an!
Sei ganz im Sein.
Fang einfach an.

Stürm hinaus
ins tiefe Weite!
Find heraus,
was es entzweite.

Die Einheit ist
nur Resultat.
Erst der Zwist
bewirkt die Tat.

Du bist der Held.
Durchdring die Welt!

VIII,19

Freies Denken schmerzt,
führt oft zu ‚falschen' Schlüssen.
Mancher möcht es, sehr beherzt,
in seiner Blase gänzlich missen.

Es ist so traulich schön,
Gewissheiten zu teilen.
Der Zweifel soll vergehn,
die Reue endlich schweigen.

Verstärken sich im Schwall
der Foren Mem-Kaskaden,
erhöht's den Drall im Stall,
ergötzend Shame-Nomaden.

Überzeugung ist ein Gift,
das Übel zeugt: der Zeugen Drift.

XX,11

Jeder Mensch ist primitiv,
mehr oder weniger.
Das Niveau ist immer schief.
Manchmal wird es schräger.

Jeder Mensch ist unmündig
auf so manche Art.
Prüfe es und du wirst fündig!
Ach, was bliebe uns erspart,

wenn es mehr Demut gäbe.
Multiple Überschätzung
ist ein giftiges Gewebe.

Leider gilt auf Erden:
Verblendung und Verblödung
müssen nicht errungen werden.

IX,19

Das, was uns bindet,
bestimmt und zerstört,
belebt und entzündet,
erquickt und betört.

Das Weltall erfindet
sich selbst ständig neu.
Das Chaos verkündet:
Nichts ist nie treu!

So sieh deine Wunden
als Weckruf und Chance.
Wer sich nur entbunden,
verliert die Balance.

Das, was dich tief innen hebt,
hoheitlich in allem schwebt.

XXI,9

Wasser rinnt durch Felsenstiege;
formlos und doch wirkungsstark
braucht es weder Plan noch Siege,
kennt es weder Bett noch Sarg.

Ruhlos, todlos vorwärts wirbelnd
umfängt es, statt zu fangen.
Die Dinge schräg verbindend
bleibt, was fortgegangen.

Dies Vorbild soll dich leiten.
Dein Denken folge keiner Norm.
Allakzeptierend sei dein Streiten.

Löse alles in dir auf.
Meide jede eigne Form.
Nimm alles - nichts! - in Kauf.

X,14

Die Wahrheit ganz? Bleibt unerreicht.
Firlefanz zieht uns ins Seicht.
Das Thema ‚Trans‘ zum Blühen neigt,
der Goldnen Gans im Ganzen gleicht.

Die Vigilanz in Teilen steigt,
wenn mal Substanz die Medien streift.
Ignoranz Konturen bleicht,
Glitterglanz sie eh aufweicht.

Perseveranz? Am besten streicht.
Die braucht's in Slums, gut eingedeicht.
Der ganze Tanz zum Abgrund schleicht,
weil Importanz kaum gilt (nur leicht).

Stets auf Distanz: ein Nerd, der eicht.
Die Schlussbilanz? Ein Wort: vielleicht.

IX,13

Tiefes Wissen schützt, befähigt und begeistert.
Es befreit Herz und Verstand.
Hast du dich erst selbst bemeistert,
führt es dich ins Weite Land.

Es verleiht dem Geiste Flügel,
dem Charakter festen Stand,
mauert nie mit hartem Ziegel,
dennoch hilft es Herz und Hand.

Tiefes Wissen nährt die Freundschaft:
Jedem bist du so verwandt!
Aus Hoher Liebe wächst die Kraft,
jede Feindschaft einzustellen.

Dafür sind wir ausgesandt: zu erglühn und zu erhellen
ganz entspannt in Wog' und Wellen.

V,19

Segen dem, der gibt
und seines Gegners Stärken liebt,
zuhaus in Duld und Demut,
überwindend Wahn und Wut.

Die Hohe Liebe wartet seiner
– ohne Übervater.
Keine Lehre mach ihn kleiner
tief im Weltenkrater.

Segen allen, die im Teilen
Freude und Erfüllung finden,
ungezwungen im Verweilen,
ungebunden im Verbinden.

Im Höchsten auch zuhause sein,
erfüllt und lässt dich nie allein.

XVIII,22

Eine Spur hinterlassen,
statt nur verblassen.
An alle denken,
die Welt beschenken!

Das Leben schützen,
statt viel besitzen.
Lebendig sein!
In allem daheim.

Und lieben. Lieben!
Die eine, den einen
– alle, die blieben,

was immer sie waren.
Lasst uns im Kleinen
alles bewahren!

XIII,4

Staub und Schatten sind wir alle.
Keiner bilde sich was ein.
In der letzten kalten Halle
liegst du dumpf und stumpf allein.

Wann nur macht uns dieses Wissen
endlich klüger und bereit?
Es ist fürwahr kein Ruhekissen,
doch sei ehrlich: es befreit.

Das Wissen um den nahen Tod
bringt die Seele sehr in Not.
Es erdet jedes Streben,

hält die Transzendenz im Lot,
erhellt, durchglüht dein Abendrot
und hilft, wahrhaftiger zu leben.

VII,24

Ein Feuer mag erfrieren,
ein Lied im All verklingen:
Das Licht und das Vibrieren
verbleibt in allen Dingen.

So mancher hofft darauf,
auch selber zu verbleiben;
ein solcher Lebenslauf
ist aber voller Leiden.

Wir alle werden sterben,
kein Glaube ändert das.
Wir können nur vererben
und manche nicht mal das.

Befrei dich hin zum Licht:
Erleuchtung hadert nicht.

XII,24

Stell dich in die Mitte eines Raumes,
nackt, die Arme ausgestreckt.
Heb dein Kinn und sieh durch alle Decken:

Du bist der Meister deines Traumes,
die eine Macht, die in uns allen steckt.
Du allein sollst dich erwecken!

Atme tief, durch alle Glieder.
Öffne dich, zum Sturm bereit.
Sing des Universums Lieder.
Bewusstheit überstrahlt die Zeit!

Atme aus und senk die Lider.
Spüre die Gelassenheit.
Verlässt du den Planeten wieder,
wirst du nur befreit aus Enge und Bedürftigkeit.

VIII,24

Fabelhafte Freveleien
Auf- und Ausbruchsverse

**In Distanz ist Glut betörend,
nahe dran nur noch verstörend**

Die schönsten Sterne am Firmament
sind zugleich die tödlichsten.
Was Dichter inspiriert, verbrennt
sich nähernde Verehrer, denn
jedes Schillern ist erkauft.
Was lockt recht laut, auch rockt und rauft.

Kleiner Trost zu Neujahr

Was uns im hohen Winter tröstet?
Dass die Sonne Tag für Tag
höher steigt und länger röstet,
was ja doch fast jeder mag.

Wer ganz in solches sich vertieft,
die Seelenruhe hält und hievt.
Also hilf dir astronomisch,
fühlst du dich mal karg und komisch.

Physio-Logik

Impuls ist Masse mal Geschwindigkeit.
So gib dem Großen seine Zeit.
Im Kleinen halt dich stets bereit.

Wer Kompromisse meidet,
nicht Wunsch und Wahrheit scheidet

Wer kennt sie nicht, die Wollmilchsau?
Hält den Verzicht am kurzen Tau,
weil's ihr gebricht an dem, was schlau,
ja, klug doch wäre: Bekenntnis zu der Lehre
von Kompromiss und Schwere.

Rotwein-Fantasie

Schaumgebadet, weinumglänzt
stirbt die Eintagsfliege gern.
Wer todesnah die Pflichten schwänzt,
braucht sich später nicht beschwern.

Ach, glänzt' ich nur wie diese Fliege!
Dem Lebensleid ich sacht entstiege.

An alle Mitläufer

Wenn die Kaninchen rennen
in eine Richtung allesamt,
kannst die Klugen du erkennen,
denn die hoppeln mit Verstand.

Die kommen plötzlich dir entgegen
und entkommen über Schrägen.
Sind sie trickreich und verwegen,
siegen auch die scheinbar Trägen.

März-Gedanken

Der Herbst ist bunt und voller Samen,
der Sommer rund im Sonnig-Warmen,
der Winter wund von Duldungsdramen.

Allein der Frühling spricht mir von Verheißung,
weil er die Kälte bricht, erneuernd durch Ent(gl)eisung.
Sein Ungestüm vermeidet die Vermeidung.

Wandel hält uns ewig jung,
Wagnis bringt ihn voll in Schwung.

Ach, die Glücklichen!

Die Bonobos im Irgendwo
sind verspielt und meistens froh.
Als Steigerung von Spaß und Spiel
gibt's schnellen Sex. Und nie zu viel.
So bleibt entspannt das Hordenwesen;
von Neid und Zorn sie schnell genesen.

Ihr Beispiel zeigt den Lebenssinn:
Beglücke deine(n) Nachbar(i)n!

's ist irgendwie
'ne Trostmanie

Läufst der Zeit du hinterher?
Oder kommt sie dir entgegen.
Setz die Segel auf dem Meer!
Steure unverlegen, gern verwegen
dem entgegen, was verquer
ohnehin kommt ohne Segen:
Verlust, Verfall und Leid im Schrägen.

Bremst Fantasie die Hysterie?

Vielleicht befindet sich das All
in der Lunge eines Riesen.
Wär dann der ganze Stress im Stall,
mit dem wir uns vermiesen
das, was schön ist, prall und drall,
nicht völlig überflüssig? Diesen
Welterklärungsansatz sollten wir vertiefen.
Er könnte unser Glück verbriefen.

Verwicklung stört Entwicklung

Was gilt für Blatt und Blüte,
nicht beschreibt die Güte
des Mutterbodens oder Odems,
durch den die Pflanze voll erblühte.

Das Höhere strebt zart hinauf,
das Niedere stützt seinen Lauf.
Nur gemeinsam wird's nicht einsam.
Nimm Verachtung nie in Kauf!

Excelsior!

Sieh die Vielfalt der Natur:
Wie verspielt sie rumprobiert!
Nichts ist linear noch pur.
Was sich bewährt, schnell reüssiert.

Wer ihre Feinheiten durchdringt,
sich auf in höchste Sphären schwingt.

An einem Bahndamm notiert

Was nicht ragt auf, fällt selten um.
Manch Pseudo-Strauch wächst krud und krumm,
verhält sich damit gar nicht dumm.

Durchzuhalten braucht es Mumm
und Empathie fürs Drumherum.
Im Lebensstudium zählt stets das Optimum.

Mimicry Ends Misery

In Australiens Regenwald
schaut eine Mottenraupe kalt
und gruselig mit toten Augen
an ihrem Arsch – kann das was taugen?

Bewundernswert ist dieser Kniff,
doch woher weiß sie, was verblüfft?
Was formte einst den Genotyp?
Des Zufalls Überlebenssieb?

Egal, sie lässt uns staunen.
Solche Formungslaunen nutzen gern die Faulen.

**Nach all den Blütenflügen
müssen Knollen dir genügen**

Zum Glück befällt das Alter
uns nicht über Nacht.
So kann der flotte Falter
landen ziemlich sacht.

Sei versichert: Auch am Boden
lässt sich manch leckre Wurzel roden.

Der tiefere Grund wurd gefunden:
Wir wollen durch Rückzug ‚gesunden'

Vor zweikommaneun Milliarden Jahren
entstand das Leben tief im Wasser.
Und da lebten sie in Scharen,
die Lucas: Licht- und Reinlufthasser.

Von diesem Urtier stamm ich ab,
oh, das spür ich deutlich.
Im Thermalbad gern ich lab
den Luca tief in mir. Schon häufig

ließ sein Gen Entscheider
Licht und Luft verschmutzen.
Nun wissen wir, dass leider
nichts zu machen ist. Wir nutzen

und verschmutzen nicht aus Gier allein.
Nein, nein: Wir wolln zurück
ins schmauchig-dunkle Schwefelglück,
uns suhlend im Gezeitenschleim.

Was der Supernexus flüstert,
wenn das Schicksal dich durchmustert

Das Leben hält sich bunt
bereit, dich zu bereichern,
tut seine Sorgen kund,
will diese nicht erweitern.

Es teilt verschiedne Karten aus
- ungleich, ohne Gnade -
und flüstert trocken: *Mach was draus!*
Es wär doch wirklich schade.

Das Leben will nicht, dass du fummelst,
beiläufig, beliebig bummelst.
Nein, es nützt nichts, wenn du grummelst.
Schon eher, wenn du auch mal schummelst.

Du sollst in Liebe voll erblühn!
Und erleichtert weiterziehn.

Diskussionen sanft entstressen?
Nutze alle Raffinessen!

Der Hang zum pauschalen Verdikt
holt dich im Nachgang ein,
verstärkt, was zwingt und zwickt,
lähmt, lässt dich allein.

Da ist es doch viel praktischer,
zwei Schritt' zurückzutreten,
im Argument stets faktischer,
differenzierend anzuheben

Niveau und Sachlichkeit.
Sodann darfst du auch würzen
den Gang mit Spott und Streit.
Kürzen steigert das Bestürzen.

Eristisch steigt zum Profi auf,
wer seinen Lauf sieht als Verkauf.

**Alles hängt zusammen
im Dämmen wie Verdammen**

Die Spitze einer Pyramide
ist zwar prominent,
doch genauso invalide
wie ihr Fundament.

Sie diene der Zusammenführung
der Kanten wie der Seiten.
Jede Überhöhung
kann das Aus bedeuten.

Viele, die nach oben stiegen,
hoben schließlich ab
und vergaßen jene Riegen,
die sie einst zur Spitze trugen.

Erfolg gräbt der Erfolge Grab.
Härte hilft? Prüf alle Fugen!

Modalität
als kognitiver Schlüssel

Stell dir vor, es gäbe
ein hohes Metawissen.
Keine Gitterstäbe!
Erst recht kein Ruhekissen.

Nein, das, was ich meine,
ist weder esoterisch,
noch kommt es von alleine
– ‚holosphärisch‘.

Hier geht es um das Ganze
als Metarelation.
Eine Riesenchance!
Eine Rebellion.

Begreife es als Instrument,
als ‚Frame-Innovation‘.
Ein Fundament, das bass enthemmt
die Empathie-Evolution.

Nachfolgend ein Gedicht aus dem
Spott-Bändchen **Famos trotz Biederkeit?
Ein Hoch der Geistigkeit! Ihr Schoß: im Widerstreit**

Unsre Neugier sei entfacht
auf alles, was entflacht

Entdecken statt Erfinden!
ruf ich den Philosophen zu.
Denen geht es ums Entbinden.
Sich selber. Immerzu.

Erkunden statt Erklären
steht uns im Wissen an.
So könnte sich bewähren,
was gefunden irgendwann.

Optimieren statt Verschmieren
hülfe allen zu kapieren,
wie Erfolge funktionieren –
und die Welt wär voller Türen.

Wer alles prinzipial erfasst,
nichts verpasst und weniger verprasst.

neue alte gedichte

Der Fluch im Flug im Fluch

Der Knabe suchte tiefste Weisheit,
er wollte sie mit aller Macht.
Da trat ein Geist im schwarzen Kleid
an ihn heran in dunkler Nacht:

*Ich stille nunmehr deinen Durst,
doch dein Drängen ärgert mich.
So höre meinen Dauerfluch.
Wie viel du auch erfuhrst:
Deine Aussicht bleibe nichtig.
Schreibe fleißig manches Buch:
Du wirst mit Unerhörtem nicht erhört,
der Esoterik leicht und oft geziehn,
giltst der Masse als gestört,
musst trotz größter Mühn immer weiterziehn.*

Erschrocken bangte da der Knabe.
Der Gott der Weisheit – indigniert?
Was nützt denn eine hohe Gabe,
die jeder höhnend ignoriert?

Nun erfüllt sich Buch um Buch
Sophie-Athenes Doppelfluch.

In allem ist Liebe

Erinnerungen an das Jahr 265 v. Chr.

Wie ist es um die Welt
im Innersten bestellt?

Erforscht es wohl, doch mit Bedacht:
Gebt nicht auf das Falsche acht!
Nur Konkretes zu bedenken,
hieße sinnlos sich beschränken.

Die freie Transzendenz braucht Weite;
sucht sie in dem, was einst befreite
vom dumpfen Joch des Primitiven:
auszubrechen wach und staunend
durch hoheitliche Direktiven ...

Lasst uns feiern, was gewesen,
was lebendig inspiriert,
dass vom Leid wir neu genesen,
uns die Fülle nicht verliert.

Ein Trost sei dir die Ewigkeit
des Großen-Hohen-Ganzen.
Illusion sind Raum und Zeit.
Die Moleküle tanzen!

Wenn Verzweiflung in dir schreit,
mach zum Aufbruch dich bereit,
zur Rückkehr in die Seligkeit
der Tiere wie der Pflanzen.

Alles ist aus Licht gemacht;
dem Licht entrungen unbedacht
erstehn wir neu in seiner Macht
zu wagen und zu lieben.

So such dein Heil ganz unverflacht
in eigner Glut, die du entfacht,
gefördert mutig, weise, sacht
zu wagen und zu lieben.

Das Feuer hilft uns zu verstehen
das Wechselspiel von Leid und Lust
im Kampf von Treue, Trotz und Trieben
– unbeirrt zuhaus im Lieben.

Dies Feuer soll für alles stehen:
für Freude, Schönheit – und Verlust.
Auf dass bei allen Schicksalshieben
wir weiter wagen, wägen – lieben!

Der Wissende verfehlt,
was die Weisheit hebt.
Wer das Staunen erwählt
und in allem schwebt,
erfasst, was durchwebt
und in allem lebt – vom Zweifel gestählt.

Egal was du hier lesen magst,
wie gut es dir gefällt:
Es zählt, was du an Liebe wagst,
wie weit hinauf du selber ragst.
Durch dich erblüht die Welt!

Folgende Werke von Olaf Muradian - alias *o'mura* - erscheinen 2024 bei *tredition:*

Titel, Untertitel	Editionsart
innehalten – innewerden	HC
Rufe vom Urgrund des Seins	EB
Fabelhafte Freveleien	TB
Auf- und Ausbruchsverse	EB
Was wären wir ohne Bäume?	TB
Hymnen auf die ältesten Freunde der Menschheit	EB
innewerden und sich erden	TB
Anthologie der ‚Rufe' und ‚Freveleien'	EB
Effektivität durch Klarheit	TB
Drei Essays zur Steigerung der Transparenz	EB
Emmericher Lieder Lyrik des Niederrheins	EB

Legende:

HC – Hard-Cover   TB – Taschenbuch   EB – E-Book

Weitere Editionen in Vorbereitung!

Folgende Werke des Autors stehen bei **academia.edu** als PDF-EBook zum freien Download bereit:

Projekt Pansophia
Vorschlag zur Neugründung der Philosophie als Wissenschaft
Zweite, überarbeitete Auflage

Denke selbst – und beginne von vorn!
Vorschlag zur wissenschaftlichen Neufundierung der Philosophie